AF236699

MUDAN

Ein Rachemärchen

Aus dem Chinesischen übersetzt von
C.K. Mazzetti

Bibliografische Information der Deutschen
Nationalbibliothek:
Die Deutsche Nationalbibliothek verzeichnet diese
Publikation in der Deutschen Nationalbibliografie;
detaillierte bibliografische Daten sind im Internet über
http://dnb.dnb.de abrufbar.

Lektorat: Der Schreibclub, schreibclub.biz

Titelbild: Design von Astra Korngold; Bildquelle: „Peony"
von Randi Hausken, Creative Commons
https://www.flickr.com/photos/randihausken/5861541434/

Herstellung und Verlag: BoD – Books on Demand,
Norderstedt

ISBN: 978-3-7526-0346-0

EINS

Es war der heißeste und trockenste Sommer, den Peng Fu je erlebt hatte. Und das wollte schon etwas heißen: Immerhin hatte Peng Fu bereits an die vierzig Sommer ins Land ziehen sehen, darunter mehr als einen, in dem die Sonne gnadenlos vom Himmel gebrannt und das fruchtbare grüne Land mit Braun- und Ockertönen überzogen hatte. Doch nie zuvor hatte die Hitze auch nur annähernd so schlimm gewütet wie diesmal. Die ganze Provinz stöhnte unter ihrem Joch, jeder klagte und jammerte: die Tagelöhner, die trübsinnig in die versiegten Brunnen starrten und dann losziehen mussten, um das Wasser über viele Meilen in Eimern an Holzstangen heranzuschleppen; die Bauern, die fassungslos inmitten der ausgedörrten Reisfelder und Obstgärten standen und sich fragten, wie sie ihre Familien ernähren, geschweige denn ihre Abgaben leisten sollten; die Viehzüchter, denen die Zicklein an den schlaffen Zitzen der Mütter verhungerten; und schließlich auch Peng Fu selbst.

Er war durch die Große Hitze nicht minder in seinem Dasein bedroht als die Bauern und Tagelöhner. Denn Peng Fu arbeitete als Gärtner. Als Friedhofsgärtner, um genau zu sein. Ihm oblag die Pflege eines altehrwürdigen Gräberfeldes auf einer langgezogenen Hangterrasse hoch über dem Flusstal. Im ganzen Talabschnitt gab es keinen Platz, der so malerisch gelegen und zugleich so von der Sonne begünstigt war – und damit auch keinen, den die schreckliche Dürre dieses Frühsommers härter traf.

Peng Fu war der Verzweiflung nahe: Wo sonst saftiges Grün und andere leuchtende Farben die Augen betörten, waren seit Wochen Ödnis und Verfall auf dem Vormarsch. Wohin man auch schaute, bot sich ein trostloses Bild. Am traurigsten aber stimmte Peng Fu der Anblick der Päonien auf den Gräbern: Diese Blumen waren stets sein größter Stolz gewesen, sein ganzes Streben galt ihrem Wachsen und Gedeihen. Und mochte der Winter noch so lang, das Frühjahr noch so wechselhaft und der Sommer noch so verregnet gewesen sein: Noch in jedem Jahr waren die Päonien erblüht und hatten die Besucher am Friedhof – und natürlich Peng Fu selbst – mit ihrer roten, weißen, violetten und zartrosa Pracht bezaubert.

Nun aber hingen sie über den Gräbern wie Trauernde, schwach und ausgemergelt, mit gebeugten Köpfen und runzligen Blättern. Peng Fu hätte sich am liebsten zu ihnen gesetzt, auch ihm war nach Trauern zumute.

Doch dafür blieb keine Zeit. Oder, um es richtiger zu sagen: Man ließ ihm keine Zeit dafür. Man? Das waren seine strengen Vorgesetzten und unter ihnen vor allem der besonders strenge Beamte Wang Li, der in diesem Teil der Provinz die Verwaltung der Friedhöfe übersah. Seit Beginn der Großen Hitze saß er dem armen Peng Fu im Nacken, ärger als die Mittagssonne, und ängstigte den Gärtner mit immer wüsteren Drohungen und Verwünschungen, weil dieser den herrlichen Friedhof – auf dem neben einfachem Volk auch große Persönlichkeiten und hohe Würdenträger ruhten – so vor die Hunde gehen lasse.

„Du kannst von Glück reden, wenn du nur deine Arbeit verlierst", pflegte Wang Li zu sagen, während er seinen dicken Zeigefinger wie eine Keule schwang, „und nicht deine rechte Hand – oder deinen Kopf".

Und Peng Fu wusste, dass das keine leeren Drohungen waren: Aus Erzählungen war ihm bekannt, was mit früheren Friedhofsgärtnern geschehen war, wenn sie den Unmut hoher oder auch nur mittlerer kaiserlicher Beamter auf sich gezogen hatten. So weit durfte er es keinesfalls kommen lassen. Und zwar nicht nur der Strafe wegen. Gewiss, die Vorstellung, ausgepeitscht, lebendig begraben oder geviertelt zu werden, war fürchterlich. Fast noch schrecklicher aber war die Vorstellung, die Tätigkeit als Friedhofsgärtner aufgeben zu müssen. Denn auch wenn die Plackerei schier endlos und der Lohn lächerlich war, ging Peng Fu seine Arbeit über alles.

Er liebte die Stille, die über dem Friedhof lag, den Duft nach frischem Gras, die majestätische Weite des Panoramas, den Blick auf den Gelben Fluss, der weit unten aufschimmerte, als hätte eine himmlische Kaiserin ihre Goldkette zu Boden gleiten lassen. Vor allem aber liebte er seine Blumen – er wollte und konnte sie nicht einfach sterben lassen.

Also musste er dringend handeln. Aber was sollte er tun? Wie in aller Welt sollte er die durstigen Pflanzen bewässern? Alle Quellen waren versiegt, alle Wasserläufe ausgetrocknet, die kunstvoll angelegten Kanäle nutzlos. Selbst der sonst so mächtige Fluss war nur noch ein armseliges Rinnsal, kaum noch auszunehmen zwischen massigen Schlammbänken.

Schlamm? Plötzlich war es Peng Fu, als hätte er bis jetzt selbst Schlamm auf den Augen gehabt. Dabei lag im Schlamm womöglich die Lösung für all seine Schwierigkeiten und Sorgen.

Jetzt erinnerte er sich wieder, als ob es gestern gewesen wäre: Seine Großmutter, die einen kleinen, aber ausgesucht schönen Blumen- und Kräutergarten besessen und ihre Liebe zu den Pflanzen an Peng Fu vererbt hatte, hatte ihm oft davon erzählt, dass der feine Löss an den Ufern des Gelben Flusses außergewöhnlich fruchtbar sei – vor allem entlang dieses einen Uferabschnitts, der, wie sie sagte, von alters her ein verwunschener, geheimnisumwobener Platz gewesen sei, ein Ort verborgener Kräfte.

Peng Fu überlegte nicht lange. Zugegeben, was seine Großmutter von der außergewöhnlichen Wirkung des Flussschlamms berichtet hatte, mochte nichts anderes sein als der Aberglaube eines alten Weibes. Andererseits hatte es nie einen Grund gegeben, an der Weisheit seiner Großmutter zu zweifeln – und im Augenblick hatte er ohnehin keine Wahl.

Also nahm Peng Fu eine Tragestange, eine Schaufel und die größten Eimer, die er finden konnte, und machte sich an den anstrengenden Abstieg zum Gelben Fluss. Über eine Stunde war er in der sengenden Sonne unterwegs, bis er das Ufer erreicht hatte – und für den Rückweg steil bergan brauchte er, beladen mit Eimern voll Schlamm, mindestens doppelt so lang. Am Ende konnte er sich kaum noch auf den Beinen halten, seine Kleider klebten ihm am Leib und trotz des schützenden Strohhuts flimmerten bunte Flecken vor seinen Augen. Doch Peng Fu gab nicht auf.

Volle zwei Wochen lang machte er sich jeden Tag auf den beschwerlichen Weg zum Flussufer und wieder zurück, schleppte sich über die schier endlosen Windungen ohne einen einzigen schattenspendenden Baum, kämpfte sich hinauf bis zur Terrasse mit dem Friedhof, die fast an der Kuppe des Berghangs lag. Dort brachte er den Schlamm auf die Gräber auf, benetzte ihn sorgfältig mit kostbarem Flusswasser, das er ebenfalls mit herauf gekarrt hatte, und rüstete sich sogleich für den nächsten Abstieg.

Anfangs zeigte sich bei den Päonien und all den anderen Blumen, Sträuchern und Bäumchen kaum eine Veränderung. Noch immer waren sie kümmerlich und schmächtig, schienen kaum lebensfähig. Peng Fu stand kurz davor, alle Hoffnung fahren zu lassen. So war also die ganze Plackerei umsonst gewesen! Nichts konnte ihn nun noch vor Wang Lis Zorn, vor dem Verlust von Brot, Ehre und Leben retten.

Eines Morgens aber, als Peng Fu mit gesenktem Kopf auf den Friedhof schlich – es würde sein letzter Arbeitstag sein, dessen war er gewiss –, wollte er seinen Sinnen nicht trauen.

Dort, wo ihm gestern noch ein fahles Gelb und Grau entgegengestarrt hatte, begrüßte ihn nun das pralle Leben. Mit unbändiger Lust sprossen die Blumen aus dem Boden und reckten ihre Häupter in die Morgensonne. Da waren Malven und Myrten, Chrysanthemen und Orchideen, Dahlien und Lupinen, Zyklamen und Azaleen, Petunien und Klivien, Aurikeln und Kamelien und natürlich die leuchtenden Päonien, jede ein Wunderwerk für sich. Schlafwandlerisch trottete Peng Fu durch den Gräbergarten, darauf gefasst, im nächsten Moment aus einem Traum zu erwachen. Doch so sehr er sich auch die Augen rieb und sich in den

Handrücken kniff, die Blumen hörten nicht auf zu duften und die Blätter glänzten nur noch saftiger. Peng Fu wagte nicht einmal zu blinzeln, aus Angst, die Pracht könnte wieder verschwinden. Er konnte es einfach nicht fassen, der Duft und die Farben waren ihm ein Rausch, genau wie das Brummen der Bienen und Hummeln, die Nektar aus den Blütenkelchen sogen und ein schwirrendes Bankett feierten.

Ein Schwalbenschwanz, der in einer Hyazinthe zur Tränke ging, schien gar zu ihm zu sprechen: „Peng Fu! Alles, was du siehst, ist wirklich: Ich bin es, Schwester Biene ist es und Bruder Lotus ist es auch. Ob du deinen Augen nun traust oder nicht: Wir werden auch ohne dich wachsen und blühen, summen und brummen, flattern und bestäuben. Es ist uns einerlei!" Da lachte Peng Fu lauthals und ließ sich auf einen Grabhügel fallen. Er wühlte mit den Händen in der Erde und vergoss heiße Tränen der Freude. Er war gerettet. Der Tod war vom Leben überrollt worden.

Als er seine Fassung wiedergefunden hatte, machte er sich sofort ans Werk. Auch ein Wunder musste verwaltet und kultiviert werden. Gerne hätte er seinen müden Knochen eine Pause gegönnt, doch er versagte sich jede Rast – nicht zuletzt, weil die Drohung des hartherzigen Wang Li auch jetzt noch ständig in seinen Ohren hallte.

Von früh bis spät widmete sich Peng Fu dem Wohl der Pflanzen. Er stutzte, was gestutzt werden musste, jätete.

was zu jäten war, und nahm weiterhin Tag für Tag den mühseligen Weg zum Gelben Fluss auf sich, um aus der warmen Mole Schlamm zu schöpfen. Nie hörte er auf, bevor die Sonne das ganze Kaiserreich überquert hatte und im Gelben Fluss versank.

„Der Friedhof ist ... in keinem schlechten Zustand", bemerkte Wang Li, der sich abends zu einem unangekündigten Kontrollgang einfand. Mit säuerlicher Miene zupfte er an einer Lotusblume. Gewiss hätte es ihm Vergnügen bereitet, den Boden mit Peng Fus Blut zu tränken, doch dafür gab es keinen Anlass mehr. Der Beamte schritt die Gräberreihen entlang, peinlich darauf bedacht, seine Gewänder nicht mit Erde zu beschmutzen. „Nun gut, Gärtner", schloss er, „fürs erste ist die Angelegenheit erledigt. Ich muss mich nun wieder wichtigeren Belangen zuwenden." Er stieg in seine Sänfte und gab den Kulis das Zeichen zum Aufbruch. Kaum war der letzte Seidenzipfel hinter dem Friedhofstor verschwunden, donnerte es. Peng Fus Herz hüpfte, als er den ersten Tropfen im Nacken spürte.

Es regnete die ganze Nacht. Ein erlösender Wolkenbruch ging auf das Land nieder. Peng Fu lag in seiner Hütte und lauschte dem Prasseln. Er beobachtete, wie das Wasser durchs Dach sickerte und sich in Pfützen am Boden sammelte. Sein Strohsack wurde feucht. Morgen werde ich das Dach ausbessern müssen, dachte er ohne Verdruss. Im Gegenteil, er freute sich von Herzen über jeden Tropfen, der sich vom Himmel löste. Er spürte, wie die ausgezehrte Erde aufatmete und das Nass gierig in sich aufsog. Obwohl er über alle Maßen erschöpft war, konnte er kein Auge zu tun. Doch das lag diesmal keineswegs an Wang Li, so sehr er ihn auch fürchtete und hasste. Er dachte auch nicht mehr daran, wie knapp er dem Verderben entronnen war. Das Einzige, woran er noch dachte, waren seine Blumen, die nun wuchsen und gediehen. Er liebte sie so sehr, als wären sie sein eigen Fleisch und Blut. Und was gab es Schöneres, als seinen Kindern beim Aufwachsen zuzusehen? Irgendwann hüllte ihn dann doch das Rauschen des Regens ein und verwandelte sich in ein Geflecht aus Stimmen, die ihn hinab in den Schlaf zogen und wisperten: „Du hast uns gerettet, Peng Fu! Du hast uns gerettet!"

Als er am nächsten Morgen erwachte, sprang er aus dem Bett und rannte zum Friedhof. Die Sonne war schon aufgegangen und kleidete das Land in hoffnungsvollen Glanz. Alles war benetzt vom Tau und funkelte im Licht des jungen Tages. Die Blumen sprossen – sofern überhaupt möglich – noch üppiger und kräftiger und schimmerten in den sattesten Farben. Blau und Rot, Gelb und Violett, Rosa, Orange und Purpur, noch nie hatte Peng Fu solch leuchtende Farben gesehen. Der Anblick blendete ihn förmlich. Am hellsten aber strahlte die Königin der Blumen, die erhabene Päonie.

Und da war es auf einmal wieder, das Wispern, das ihn in der vergangenen Nacht so sanft ins Reich der Träume entführt hatte: „Du hast uns gerettet, Peng Fu! Du hast uns gerettet!" So wie der Wind durch einen Bambushain fährt, drang zuerst nur ein Rascheln an sein Ohr, doch dann waren die einzelnen Worte so deutlich zu vernehmen, dass es mehr sein musste als ein Windhauch.

Erst dachte Peng Fu, Hitze und Schlafmangel hätten das Yin und das Yang in seinen Körpersäften so aus dem Lot gebracht, dass er nun an Wahnvorstellungen litt. Aber da schwoll das Wispern zu einem Stimmengewirr an, zu einem Jubelruf wie aus tausend Kehlen: „Du hast uns gerettet, Peng Fu! Du hast uns gerettet!"

Der Gärtner blickte suchend umher. Vielleicht spielten ihm diese vermaledeiten Dorfjungen wieder einmal einen Streich? ‚Na wartet!', dachte er, ‚euch werde ich die Löffel langziehen!' Also tat er so, als hätte er nichts gehört, und ging bedächtig ein paar Schritte in Richtung des Werkzeugschuppens. Dann fuhr er blitzartig herum und rief: „Ha! Jetzt habe ich euch!"

Aber da war niemand.

„Peng Fu!", rief es wieder. „Peng Fu! Wir sind es, die Blumen!"

Verdutzt schaute er auf die bunte Schar aus Blütenkelchen und Rispen, aus Dolden, Knospen und Glocken, die ihm zunickten und fröhlich mit ihren Blättern wedelten. Konnte es sein, dass …? Während er noch nach Worten rang, schwoll das Raunen und Säuseln und Jubeln und Rufen wieder an – ungefähr so stellte sich Peng Fu, der nie auch nur in die Nähe einer Spielstätte gekommen war, eine Peking-Oper vor –, bis plötzlich ein sonorer Bass mit einem lautstarken „AUFHÖREN!" das Stimmengewirr entzweischnitt wie der geübte Schwertkämpfer einen Seidenschal in der Luft.

Stille senkte sich über den Friedhof und Peng Fu lief trotz der Hitze ein kalter Schauer über den Rücken.

„PENG FU, DU SCHILDKRÖTEN-EI!" In dieser Stimme lag eine solche Machtfülle, dass Peng Fu unwillkürlich auf die Knie fiel.

„Wer seid Ihr, edler Herr?", fragte er, und senkte den Kopf zum Kotau auf die Grasnarbe – auch wenn er sich für diese Unterwürfigkeit verachtete.

„MANCHE NENNEN MICH ‚KRIEGSGOTT', ANDERE NENNEN MICH ‚MENSCHEN-METZGER', ABER ICH BEVORZUGE DEN BÜRGERLICHEN NAMEN ‚BAI QI'."

Anders als die Kinder der Reichen hatte Peng Fu nie einen Hauslehrer gehabt, doch dieser Name war selbst ihm geläufig. Bai Qi, der große Feldherr, der niemals auch nur eine Schlacht verloren hatte. Bai Qi, der dreiundsiebzig stolze Städte mit Mann und Maus niedergemacht hatte. Bai Qi, vor dem auch die mächtigsten Herrscher im Feindesland erzitterten.

Was in aller Welt machte er hier? Wo verbarg er sich? Und was würde er einem einfachen Gärtner wie Peng

Fu nun antun? Sein Angstschweiß sickerte ins Erdreich und der Duft der Krume würzte seine, wie er dachte, letzten Atemzüge in diesem armseligen Leben.

„O Bai Qi, meine Wenigkeit verdient es nicht, als Ei einer Schildkröte bezeichnet zu werden. Meine Wenigkeit ist nur ein dreckverkrusteter Erdwurm, der Eure strahlende Gegenwart mit seinem nichtswürdigen Geschlängel beleidigt. O Feldherr aller Feldherren, nehmt mich und zerfetzt mich, auf dass es Euch zum Ruhm gereiche!" Peng Fu presste seinen Nasenrücken in den Staub und unterdrückte ein Niesen. Ach!, es war entsetzlich, sich so erniedrigen zu müssen, aber Peng Fu sah keinen anderen Ausweg, wenn er auch nur eine Minute länger am Leben bleiben wollte.

„EHRLICH GESAGT BIN ICH HOCH ERFREUT, WÜRMCHEN", ertönte es da und erst jetzt begriff Peng Fu, dass die Stimme aus der Blüte einer stolzen Chrysantheme drang. „DU HAST MICH BEFREIT. DESHALB BEGNADIGE ICH DICH HIERMIT!". Die Pflanzenschar ließ ein bestätigendes Gemurmel hören. „ABER VERGISS *EINMAL* DAS GIESSEN, DANN LASSE ICH DICH LEBENDIG BEGRABEN!"

Trotz seiner Schockstarre verstand Peng Fu nun endlich. Der Schlamm! Das Wasser! In seiner Arglosigkeit hatte er einen Zauber in Gang gesetzt, durch den die Seelen der Verstorbenen erwacht und in die Blumen und anderen Pflanzen gefahren waren. Sie mochten stolze Geister sein, die Seelen von Beamten und Kriegern, von

Hofdamen und Dichterinnen, doch sie brauchten ihn, einen einfachen Gärtner! Er fasste neuen Mut – blieb dabei aber so vorsichtig und untertänig, wie er es im Umgang mit höhergestellten Persönlichkeiten sein Lebtag lang gewesen war:

„Erhabener Bai Qi, Euer Wunsch sei mir Befehl. Hiermit gelobe ich, dass ich Euch bis an mein Lebensende dienen werde, auf dass Ihr blühet und gedeihet."

„SO SEI ES", verkündete Bai Qi. „DU DARFST UNS NUN WASSER BRINGEN."

Peng Fu hob vorsichtig den Kopf, stand auf und obwohl schwarze Punkte vor seinen Augen tanzten, schulterte er schnell die Tragestange mit den Eimern und schickte sich an, Wasser aus dem nun wieder gefüllten Brunnenschacht herbeizuschaffen, stets darauf gefasst, von weiteren herrischen Geistern herumkommandiert, gemaßregelt, bedroht, beschimpft, herabgewürdigt oder auf sonstige Weise bedrängt zu werden.

„Lass dich von dem aufgeblasenen Kerl bloß nicht einschüchtern. Der braucht solche großen Auftritte. Für sein Selbstbild, verstehst du?"

Peng Fu verstand gar nichts, aber es tat ihm wohl, eine sanftere Stimme zu hören und zur Abwechslung einmal wie ein Mensch behandelt zu werden.

„Mit wem habe ich nun die Ehre?", fragte er vorsichtig. Vor ihm stand ein duftendes Osmanthusbäumchen, von

Schmetterlingen in allen Farben und Formen fröhlich umflattert.

„Nicht so förmlich, Kleiner. Spüre das Dao in den Dingen und entspann dich! So wahr ich Zhuang Zhou heiße!"

Da fiel es Peng Fu wie Karpfenschuppen von den Augen. Meister Zhuang! Der ewige Träumer, der Gott der Gelassenheit, der Schwimmer im Ozean des stetigen Wandels …

Peng Fu gab sich alle Mühe, der Anweisung des berühmten Philosophen zu folgen und sein rasendes Herz zu beruhigen. Aber er empfand solche Ehrfurcht vor dem großen Weisen, dass er nicht anders konnte, als sich ein weiteres Mal tief zu verneigen.

„Ach, lass doch dieses ewige Bücken und Beugen", **rief Zhuang Zhou.** *„Willst du deinen Kopf in den Sand bohren wie ein Käfer? Kein Mensch soll sich vor einem anderen erniedrigen müssen. Wir sollten alle auf Augenhöhe miteinander reden."*

„Aber …", wagte Peng Fu zu widersprechen, ohne den Kopf zu heben, „bei einem Mann von Eurer Größe …"

„Größe?" **Zhuang Zhou schnaubte verächtlich.** *„Was für ein lächerlicher Begriff. Gemessen am Sternenhimmel sind wir alle nur Mücken auf dem Rücken einer Mücke auf dem Rücken einer Mücke. Glaub mir, Peng Fu, diese innere Gelassenheit, wenn man sich erst einmal vom Streben nach Größe, Reichtum und Macht gelöst hat, ist mit nichts zu vergleichen. Ich selbst habe mich stets allen Ämtern verweigert. Ich hätte höchste Positionen in Politik und*

Verwaltung bekleiden können. Aber ich habe mich für ein einfaches, bedürfnisloses Leben entschieden, ein Leben nach meinen eigenen Vorstellungen. Wie sagte ich damals zu König Wei? ‚Ich streife lieber friedlich umher und wälze mich in einer ekelhaft stinkenden Schlammpfütze, als mich von den Gepflogenheiten am Hofe an den Zaum legen zu lassen; bis ans Lebensende werde ich kein Amt bekleiden, sondern nur meinem Willen folgen.‘ Und daran habe ich mich gehalten. Merk dir: Du bist einzig und allein deinem eigenen Wollen verpflichtet. Lass dir keine Lebensart aufzwingen, die nicht die deine ist.“

„Das will ich mir merken, Meister Zhuang“, antwortete Peng Fu. „Und ich liebe die Arbeit in diesem duftenden Garten ja. Aber Armut und Not drücken mich doch oft hart. Und mein Vorgesetzter Wang Li – “

„Vergiss diesen Hohlkopf“, unterbrach Zhuang Zhou. „Er könnte eine Azalee nicht von einem Pandabären unterscheiden. Ich selbst habe lange Jahre in einem Garten gearbeitet, in dem die herrlichsten Lackbäume des ganzen Staates Song gezüchtet wurden. Daher kann ich mit Gewissheit sagen: Als Gärtner leistest du großartige Arbeit, Peng Fu. Niemand anderer als du mit deiner aufrichtigen Zuneigung zu den Pflanzen hätte dafür sorgen können, dass wir aus unserem Schlaf geweckt wurden und nun durch Blüten und Blätter und Zweige und Knospen sprechen können. Auch wenn du es vielleicht nur unabsichtlich getan hast, sind wir dir zu großem Dank verpflichtet. Als Gegenleistung wollen wir unser Wissen mit dir teilen.“

„*Ach was, Wissen!*“, rief da eine klangvolle Frauenstimme aus einer anderen Ecke des Gartens. „*Was nützt es, sich den Kopf vollzustopfen, bis nichts mehr darin Platz hat? Was zählt, ist einzig und allein die Poesie!"*

Erneut vollführte Peng Fu fast zwangsläufig einen Bückling, so elegant und selbstbewusst schwebte diese Stimme durch die Morgenluft.

„Darf … darf man fragen, wer Ihr seid, edle Dame?"

„Mein Name ist Zhuo Wenjun", sagte die Stimme – und Peng Fu sah nun, dass sie zu einer kostbaren Orchidee gehörte.

Die gerühmte Dichterin, die junge Witwe, die Meisterin der tragischen Liebeslyrik! Peng Fu bekam ein weiteres Mal weiche Knie.

„Ja", fuhr Zhuo Wenjun fort, *„nur die Poesie ist ein angemessener Ausdruck unseres Seins. In einem einzigen Gedicht steckt oft mehr Weisheit als in zehn staubigen Wälzern. Von Schönheit ganz zu schweigen. Und wer sich von der Magie eines Liedes berühren lässt, der braucht keine Philosophie."*

Mit diesen Worten begann sie zu singen, ein Lied voll Trauer und Stolz.

„Eine Braut sollte nicht weinen müssen
Ich wünsche mir einen treuen Mann
Der mich auch mit weißem Haar nicht verlässt
Die Angelrute, wie sie wankt!
Die Fischschwänze, wie sie glänzen!
Ach, hätte ich einen treuen Mann
Was bräuchte ich Gold und Geld …"

Die Orchidee ließ die Klänge gebührend wirken, ehe sie deutlich nüchterner fortfuhr: *„In einem Punkt muss ich Meister Zhuang allerdings beipflichten: Wir stehen in deiner Schuld. Und dafür möchten wir dich an unserem Blick auf das Leben und die Welt teilhaben lassen."*

Peng Fu war selig. All diese faszinierenden Persönlichkeiten! All diese Weisheit! All diese Erfahrungen und Lebensgeschichten! Ihm war, als hätte er eine Schatztruhe geöffnet, nur dass diese etwas viel Wertvolleres enthielt als Goldmünzen oder Geschmeide: den Weg zu einem heiteren und erfüllten Leben.

„Was bist du nur für ein Glückspilz, Peng Fu!", sagte er zu sich selbst, als er den Friedhof am Abend verließ, mit dem großartigen Gefühl, an einem Tag mehr gelernt und verstanden zu haben als in seinem ganzen bisherigen Leben.

Und so ging es über Wochen hinweg weiter. Peng Fu werkte mit größerem Fleiß und größerer Lust als je zuvor in seinem Gartenparadies, dachte nicht an Armut und Ausbeutung, hörte stattdessen den Blumen und Büschen und Bäumchen auf den Gräbern zu und den Leuten, die durch sie sprachen. Und was waren das für unterschiedliche Menschen und Schicksale! Vom Reisbauern bis zur Hofdame, vom Arzt bis zum Seefahrer, vom Hufschmied bis zur Hebamme. Von allen Seiten sog Peng Fu die besten Anregungen und

Ratschläge auf – und konnte förmlich spüren, wie sich sein Horizont mit jedem Tag erweiterte.

Z W E I

„Was für ein Genuss", dachte Peng Fu auch an jenem
Spätsommermorgen, der sein Leben für immer
verändern sollte. Die Luft war schwanger vom
schweren Duft der Blumen, die sich jetzt, gegen Ende
dieses langen Sommers, prachtvoller präsentierten denn
je. „Was für ein Genuss, jeden Tag der schönsten Arbeit
der Welt nachzugehen und zugleich diesem Chor an
Stimmen und Geschichten lauschen zu dürfen!"

Einmal mehr übergossen ihn die Blumen mit einer Fülle
an Klangfarben – vom dröhnenden Bass des Generals
über die Litaneien des buddhistischen Priesters bis hin
zum melodiösen Klagen der Erhu-Spielerin, das
genauso klang wie das Instrument, welches sie einst so
meisterlich beherrscht hatte.

Doch halt! Plötzlich war da eine weitere Stimme, eine, die Peng Fu noch nie zuvor bemerkt hatte. Kein Wunder, im Gewirr der Töne, im Geplapper, Geplauder und Geschnatter der Pflanzen ging sie fast gänzlich unter. Es war eine leise, brüchige Stimme – und noch dazu kam sie vom hinteren Ende des Gräberfeldes, von dort also, wo man von alters her die Armen und Elenden in schmucklosen Gruben zu bestatten pflegte.

Unwillkürlich zog es Peng Fu zu jener Stelle, zu jener Stimme hin – und da sah er sie: eine besonders zarte, filigrane Päonie, die ihm vorher noch nie aufgefallen war. Dabei erschien sie ihm nun als die schönste Blume, die er je gesehen hatte, mit ihrer unaufdringlichen, fast bescheidenen Anmut, mit ihrem sanften Schimmern, einem zauberischen Farbton irgendwo zwischen Rosa und Violett, für den Peng Fu keinen Namen wusste. Und mit ihrer Stimme, die genau in diesem Farbton sprach.

„Mit Heldentaten vom Schlachtfeld kann ich nicht aufwarten", begann sie, noch immer kaum vernehmbar, *„auch Abhandlungen voll staunenswerter Erkenntnisse habe ich nie verfasst. Und mit den Feinheiten der Dichtkunst bin ich erst recht nicht vertraut. Ich kann dir nur meine eigene Geschichte erzählen. Aber ich muss dich warnen, Peng Fu. Es ist eine traurige und grausame Geschichte. Bist du bereit, sie zu hören?"*

„Ja", antwortete Peng Fu, ohne auch nur einen Augenblick zu zögern. Die Stimme der Blumenfrau hatte ihn sofort in ihren Bann gezogen. Ihm war, als wären alle anderen Blumen, Sträucher und Bäume mit einem Schlag verstummt. Selbst der kühle Morgenwind, der schon vom nahenden Herbst kündete, schien sich plötzlich gelegt zu haben, um den Augenblick nicht zu stören. Es gab jetzt nur noch sie beide: Peng Fu und die geheimnisvolle Blume.

„Mein Name ist Mudan", sagte sie, „und ich will dir nun erzählen, wie es mir in meinem kurzen Leben ergangen ist … Meine Familie war, wie auch die deine, bettelarm und hat mich früh weggegeben. Ich mache meinen Eltern keinen Vorwurf, sie waren einfache Bauern und was hätten sie auch tun sollen? Ich war das jüngste von sieben Kindern und zu schwächlich für die Arbeit am Feld. Also hat man mich zum Arbeiten in die Stadt geschickt. 14 Jahre war ich alt, als ich mein Elternhaus verlassen musste. Vater, Mutter, Brüder, Schwestern: Ich sollte sie nie wiedersehen. Nein, es ist mir nicht gut ergangen. Mit einem Kind im Bauch hat man mich auf die Straße gestoßen und ich musste Schlimmes tun, um gelegentlich zu einer Schale Reis zu kommen. Und dann bin ich elend gestorben. Und warum? Weil ich immer brav und redlich meinen Dienst getan und dem Mann geglaubt habe, den ich liebte. Ja, mein Leben war kurz, aber arm an Schmerzen war es nicht."

Peng Fus Herz wurde schwer. Das Schicksal war grausam, das wusste er, und doch rührte ihn die Geschichte des Mädchens, das nun als Blume zu ihm sprach.

„Aber immer der Reihe nach. Ich will dir alles erzählen. Ich *muss* es dir erzählen, denn ich ertrage es nicht, dass niemand das Unrecht kennt, das mir widerfahren ist.

Doch vorher sei so gut und bring mir etwas Wasser, ich bin durstig."

Peng Fu eilte zum Brunnen. Mit äußerster Behutsamkeit wässerte er die Blume, darauf bedacht, mit dem Strahl nicht ihre Blätter und Blüten zu verletzen.

„Meine Teure", stammelte er. „Es tut mir so leid ... Immer sind es die Armen und Reinen und Guten, die das Schicksal am härtesten trifft. Ich will Euch zuhören. Es ist das Geringste, was ich tun kann."

Als sich die Blume sattgetrunken hatte, fuhr sie in ihrer Erzählung fort. Peng Fu lauschte und vergaß alles um sich her: die Gartenarbeit, die er so liebte, und die vielen anderen Stimmen, denen er in den letzten Wochen so gerne zugehört hatte.

„Dabei schien sich mein Leben zunächst zum Besseren zu wenden. Ich ließ die Plackerei, den Dreck und den Hunger der elterlichen Hütte hinter mir und begann ein neues Leben in der Stadt. Zu meinem Glück fand ich eine Anstellung als Dienstmagd in einem guten, sauberen Haus. Mein Herr war ein angesehener Beamter namens Zhou Han, der mit seiner Frau Yu nahe der kaiserlichen Akademie Quartier bezogen hatte. Ich konnte mich nicht beklagen. Sie gaben mir ausreichend zu essen und schlugen mich selten. Auch die Arbeit war nicht so hart wie die am Feld. Ich schrubbte die Nachttöpfe, spülte die Reisschalen und durfte manchmal auch am Markt einkaufen gehen. Nichts, womit ich nicht zurechtgekommen wäre. Am Abend, wenn ich etwas Zeit für mich hatte, blickte ich auf den großen heiligen

Fluss, der sich unter meiner Behausung durch sein Bett wälzte, und war zufrieden."

Die Blume hielt inne. Peng Fu fühlte ihren Schmerz. Er war tief und schwer und lila.

„Es geschah nach einem Jahr. Die gute Ernährung bedingte, dass ich wuchs und an Gewicht zulegte. Veränderungen, die nicht unbemerkt blieben: Wann immer ich den Tisch abräumte oder den Boden fegte, spürte ich, wie mich Herr Zhou ansah und sein Blick über meinen Körper schweifte. Im Gegensatz zu früher richtete er nun regelmäßig das Wort an mich, teilte mir persönlich Arbeiten zu und fragte, wie mir das Leben in der Stadt gefalle. Manchmal steckte er mir einen Apfel oder eine Feige zu und einmal, als ich ihm im Arbeitszimmer Tee servierte, ermunterte er mich gar, mir selbst eine Schale zu nehmen. Das war alles sehr ungewöhnlich, wenn man bedenkt, wie schroff und herablassend Dienstboten normalerweise behandelt werden. Ich dachte mir wenig dabei und freute mich über die Zuwendung, die ich erhielt. Ich dummes Ding! Nichts im Leben ist umsonst und so kam es, wie es kommen musste: Als ich eines Nachts in meiner Kammer lag, knarrte die Tür und eine Gestalt löste sich aus dem Dunkeln. Ich erschrak und wollte schreien, doch eine Hand legte sich auf meinen Mund und ich hörte die Stimme meines Herrn. Er sagte mir, ich solle mich nicht fürchten und er wäre gekommen, weil er mich liebte."

Mudan schwieg. Die Sonne wanderte durch die Wolken. Es wisperte ringsum im Gräbergarten, aber niemand erhob die Stimme, als ob sie alle ahnten, dass jetzt nicht die Zeit zum Schwätzen war.

„Was ist dann passiert?", platzte es aus Peng Fu heraus. „Bitte erzählt Eure Geschichte zu Ende!"

„Das werde ich", sagte Mudan. „Du sollst alles erfahren und auch du sollst noch deine Rolle spielen. Also höre: Seit jener Nacht besuchte mich Herr Zhou regelmäßig. Wie mein Herz hüpfte, wenn ich im Dunkeln seine Schritte nahen hörte und mein Liebster – denn zu diesem war Herr Zhou geworden – zu mir unter die Decke schlüpfte! Ich tanzte mit den Sternen und erlebte Freuden, die ich mir in meinen kühnsten Träumen nicht hätte ausmalen können. Bis zum Morgengrauen lagen wir umschlungen im Bett und flüsterten uns Liebesschwüre ins Ohr, so nahe, wie sich zwei Menschen nur sein können. Und wir sprachen über die Zukunft – unsere Zukunft. Herr Zhou stellte mir in Aussicht, mich zu seiner Zweitfrau zu nehmen, ja sogar, seine Frau für mich zu verlassen. Trunken vor Glück torkelte ich durch die Tage, denn noch nie hatte ich so etwas Großes gefühlt. Wenn ich am Tisch Suppe verschüttete und Frau Yu mich dafür ausschimpfte, musste ich mir das Lachen verkneifen, dachte ich doch, die Tage dieser mürrischen Teigtasche wären gezählt und ich sei Herrn Zhous wahre Liebe."

Die lila Stimme klang bitter.

„Doch dann rundete sich mein Leib und alles kam anders. Mit den freundlichen Worten meines Herrn war es vorbei. Auf meine Fragen, wann wir heiraten würden, reagierte er zurückhaltend oder ausweichend. Auch die Leidenschaft zwischen uns verebbte. Je dicker mein Bauch wurde, desto spärlicher wurden seine Besuche und desto kürzer hielt er sich in meiner Kammer auf. Es schien, als hätte das Kind in meinem Bauch die Liebe aus seinem Herzen getilgt. Schließlich ließ er sich gar nicht mehr blicken. Als sich mein Zustand nicht länger verbergen ließ, kam es zum Bruch. Herr Zhou verlangte von mir, das Kind entfernen zu lassen und als ich mich weigerte, wurde er sehr zornig. Er schilderte mir eindringlich, was mit Dienstmägden passierte, die ihren Herrn verführten und wem man eher glauben würde, sollte ich es wagen, irgendwo Hilfe zu suchen oder gar Frau Yu von unseren vermeintlichen Plänen zu erzählen. Es war Spätherbst und vom Himmel fiel Schnee, als mich Herr Zhou aus dem Haus jagte, nicht ohne mir vorher zu versichern, dass er mich totschlagen würde, sollte ich mich seinem Anwesen noch einmal nähern. Am meisten schmerzte mich nicht, dass der Mann, den ich liebte, mich verleugnete und mir mein Herz gebrochen hatte. Auch die Bosheiten von Frau Yu, die mich eine Hure schimpfte und genüsslich vor die Hunde gehen ließ, taten nicht sonderlich weh. Du glaubst vielleicht, der Hunger, der Schmutz, die Kälte und die Gewalt, die ich auf der Straße erleiden musste, hätten mir den größten Schmerz zugefügt. Nein! All das war nichts gegen den Schmerz, den ich fühlte, weil ich dem Mädchen, das ich gebar, keine gute Mutter sein konnte. Es starb auf offener Straße, noch ehe sein Leben überhaupt begonnen hatte. Dieses Mädchen, das nicht einmal einen Namen trägt, hat in seinem kurzen Dasein nichts anderes erfahren als Leid. Und ich selbst? Nun, ich starb nicht lange nach der Geburt. Wo meine Tochter begraben liegt, weiß ich nicht. Mich hat man hier, am Rande des Gräberfeldes, verscharrt, namenlos und unbeweint."

Tränen liefen über Peng Fus Wangen. Er war kein weicher Mann, aber das Unrecht, das Mudan und ihrem Kind widerfahren war, riss ihn aus der Beschaulichkeit, die in seinem Leben in letzter Zeit eingekehrt war. Er vergrub seine Hände in der Erde und schluchzte.

„Weine nicht, Peng Fu", sagte Mudan. „Meine Geschichte ist noch nicht zu Ende. Du selbst kannst das letzte Kapitel schreiben. Wenn es auch nur einen Funken Gerechtigkeit auf der Welt gibt, dann darf das, was mir und meiner Tochter geschehen ist, nicht ungesühnt bleiben."

„Was kann ich tun?", krächzte Peng Fu. „Was auch immer es ist, ich werde es tun!"

Jetzt schwieg Mudan und für eine ganze Weile war nur das Zirpen der Grillen und das Rauschen des Windes in den Blättern zu hören. Die Sonne wanderte ein Stück gegen Westen. Als die Blume wieder anhob zu sprechen, klang sie erschöpft, aber gefasst.

„Dein Mitgefühl rührt mich, mein Gärtner. Sei versichert, dass die himmlische Gerechtigkeit eines Tages siegen wird. Aber nun muss ich ruhen. Lass uns ein andermal weitersprechen."

Damit schloss Mudan ihre zarten Blüten und auch die anderen Blumen zogen sich zur Nachtruhe zurück. Still wölbte sich der Abendhimmel über dem Friedhof und als an der rotvioletten Kuppel die ersten Sterne aufglommen, glitzerten sie wie Tränen in einem Meer aus Blütenblättern.

An diesem Abend fand Peng Fu abermals keinen Schlaf. Sonderbare und völlig widersprüchliche Regungen plagten sein Gemüt. Die Kümmernis über das harte Los der Blumenfrau lastete auf ihm wie eine Decke aus grauem Staub. Zugleich wühlte der Zorn in seinen Eingeweiden. Welcher Höllendämon spielte da auf so schändliche Weise Mah-Jong mit dem Schicksal der Menschen, dass ein argloses, gütiges Kind wie Mudan solche Qualen erleiden musste? Peng Fus Großmutter, eine tiefgläubige Frau, hätte ihm an dieser Stelle wohl vom allumfassenden Karma erzählt.

Doch konnte es wirklich sein, dass dieses liebliche, anmutige Mädchen in einem vergangenen Leben so viel Schuld auf sich gehäuft hatte, dass sie und ihr Neugeborenes in der Gosse verrecken mussten? So einsam, so schutzlos, von aller Welt verlassen?

Peng Fu wagte es sich kaum einzugestehen, aber die heißen Tränen, die ihm nun aus den Augen quollen, vergoss er auch ein bisschen über sich selbst. Zwar hatten es die Schicksalsdämonen mit ihm vergleichs-weise besser gemeint, doch auch er hatte die bittere Suppe der Einsamkeit und Not gelöffelt, auch er hatte erlebt, wie Hoffnungen und Träume von der Härte des Lebens zermalmt wurden.

Vierzig Lenze zählte er nun, doch von seinem jämmerlichen Lohn als Gärtner würde er sich niemals genug Geld für eine Brautgabe absparen können. Somit war er zu einem Leben als Junggeselle verdammt und würde nicht nur einsam sterben, sondern noch dazu seine Ahnen beleidigen, weil er keine Nachkommen hervorbringen würde.

Und sein kindlicher Traum von Ruhm und Ehre als Beamter des Kaisers war schon gemeinsam mit seinem Vater zu Grabe getragen worden. Von da an hieß es arbeiten und das einzige, was sich seine Mutter als verarmte Witwe noch leisten konnte, war das Bestechungsgeld für den damaligen Friedhofsgärtner, der ihn vom neunten Lebensjahr an in die Lehre genommen hatte. Und auch wenn Peng Fu die Arbeit als Gärtner sehr schätzte, fühlte er nun mehr denn je die ganze Ungerechtigkeit der Welt auf sich lasten.

Fürwahr, ein Leben, das diesen Namen verdiente, war unter diesem ungnädigen Himmel nur den Reichen und Mächtigen vergönnt und das niedere Volk hungerte, darbte und starb jeden Tag tausend Tode!

Und doch regte sich in ihm bei all der Betrübnis eine neue, aufregende, unbekannte Empfindung, wenn er an die Sanftheit dachte, die in den Worten der Blumenfrau lag. „Mein Gärtner", hallte es im Tempel seiner Seele, und ein warmes Kribbeln breitete sich in seinem Leib aus, eine Woge aus Licht durchflutete ihn vom Kopf bis in die Zehenspitzen und es war wunderschön, ihr Gärtner zu sein, und er wollte für immer und ewig ihr Gärtner sein und sie wäre die Blume seines Herzens, die eine und einzige. Mit einem Lächeln auf den Lippen glitt er hinüber ins Reich der Träume.

Von da an widmete er der Blume aller Blumen seine äußerste Aufmerksamkeit. Zwar pflegte er auch die anderen Gewächse des Friedhofs weiterhin mit großer Hingabe und lauschte andächtig ihren Unterweisungen, doch der einen Päonie galt sein innigstes Streben. All seine Tage begannen damit, dass er zuallererst *sie* besuchte, die Erde rund um ihre Wurzelfüßchen lockerte, mit fein gehobelten Hornspänen düngte und mit dem Zauberwasser aus dem Gelben Fluss benetzte. Dann wischte er mit einem seidenen Lappen den Staub von ihren Blättern, besprühte die Blüten mit Honigwasser und setzte flaumige Hummeln auf ihre Staubgefäße. Und dabei sprach er fortwährend mit ihr, gab ihr seinerseits alles weiter, was ihn die anderen Pflanzen gelehrt hatten, all die wohlklingenden Gedichte, die philosophischen Perlen, die historischen Anekdoten, die beschwingten Berglieder und lustigen Volksmärchen. Sie redeten und scherzten und ihr Lachen flatterte durch die Spätsommerluft wie Paradiesvögel.

Doch eines Morgens wurde Mudan unvermittelt wieder ernst: „Mein Gärtner", hob sie an, mit dieser dumpfen Schwere in der Stimme, die Peng Fu schon fast vergessen hatte. „Es ist Zeit, mein Gärtner." Sie seufzte. „Es ist Zeit, trotz aller Heiterkeit wieder an unser Ziel zu denken."

„Ich bin ganz Ohr, meine Herzblüte", antwortete Peng Fu, doch sein Magen krampfte sich zusammen. Unser

Ziel? Welches Ziel? Hätte nicht alles so bleiben können, wie es jetzt war?

„Mein Gärtner, ich habe einen Beschluss gefasst. Doch zuerst möchte ich dich ein letztes Mal fragen: Wirst du mir helfen, koste es, was es wolle?"

Das flaue Gefühl wurde stärker und Peng Fu spürte eine unheilvolle Ahnung, doch er wagte es nicht zu widersprechen, denn nichts erschien ihm unerträglicher als die Angst, seine Angebetete zu vergrämen.

„Aber gewiss doch, meine Herzblüte. Ihr könnt euch meiner treuen Gefolgschaft sicher sein."

„Gut", antwortete Mudan und als sie weitersprach, pfiff ihre Stimme durch die Luft wie ein Gemüsebeil. *„Ich habe über die ewigen Gesetze nachgedacht. Meinen Peiniger wird in seinem nächsten Leben sicherlich eine gerechte Strafe ereilen. So lüstern und giftig, wie er sich durchs Leben schlängelt, wird er als Grubenotter wiedergeboren werden, dazu verurteilt, von den Klauen eines Adlers zerfetzt oder auf dem Hackblock eines Meisterkochs zerstückelt zu werden. Doch so lange kann ich nicht warten. Wir können es nicht zulassen, dass Herr Zhou in diesem Leben mit jedem Tag seine Macht und seinen Reichtum vergrößert und in seinem Hochmut womöglich noch andere ins Unglück stürzt. Ich fürchte jedoch",* und ihre Stimme begann zu zittern, *„dass kein irdisches Gericht das verurteilen wird, was er mir angetan hat, im Gegenteil. Die Mandarine des Kaisers haben nur ihre konfuzianischen Schriften im Kopf, und ein liederliches Frauenzimmer wie ich, das einen*

ehrbaren Beamten verführt hat, wird immer und überall schuldig sein."

Von ihrem Kummer überwältigt, hielt sie inne. Ein Schwarm Krähen stieg auf und ein kalter Windstoß zauste ihre Blätter. Peng Fu musste schlucken. Ja, er würde ihr helfen, mit allen Mitteln, die ihm zur Verfügung standen.

„Mein Gärtner, ich weiß, was zu tun ist. Verdinge dich bei Herrn Zhou. Finde heraus, ob er eine neue Dienstmagd hat und wie es um sie steht. Beschütze sie nach Kräften. Such außerdem nach Beweisen für unlautere Amtsgeschäfte, die ein Schuft wie Herr Zhou sicherlich tätigt. Mit großer Freude würde ich davon erfahren, wie er wegen Veruntreuung oder Bestechung zum Tod durch die tausend Schnitte verurteilt wird. Genau das und nichts weniger hat er verdient."

Ohne zu zögern willigte Peng Fu in diese Anweisungen ein. Schon am nächsten Abend wurde er bei Herrn Zhou, der auf einem Anwesen im wohlhabendsten Viertel der nahen Provinzhauptstadt lebte, vorstellig. Die Sterne standen günstig. Der bisherige Gärtner war alt und gebrechlich und Herr Zhou hatte schon länger daran gedacht, ihn durch einen frischeren Angestellten zu ersetzen. Vor allem aber hatte die Kunde von der prachtvollen Entwicklung, die der Friedhofsgarten hoch über dem Flusstal dank Peng Fus Wirken genommen hatte, auch die Ohren von Herrn Zhou und seiner Frau erreicht. Ehrgeizig wie sie waren, träumten sie davon, mit ihrem eigenen Hausgarten jene der Nachbarn zu übertreffen. Und so kam es, dass sie Peng Fu sogleich einstellten – genau wie Mudan es erhofft hatte.

Für Peng Fu begannen damit die anstrengendsten Wochen und Monate seines Lebens. Harte Arbeit und Entbehrungen begleiteten ihn von Kindesbeinen an – doch nun galt es plötzlich, *zwei* Anstellungen zu vereinen, von denen eine allein schon ausgereicht hätte, einen Mann bis zum Äußersten zu fordern. Denn selbstredend konnte er die Arbeit am Friedhof nicht einfach aufgeben. Zum einen wären augenblicklich Wang Lis Zorn und im Gefolge die ganze Härte des Gesetzes über ihn hereingebrochen, zum anderen – und das zählte weit mehr – konnte und wollte er seine Blumen nicht alleinlassen. Vor allem die eine Blume, die ihm kostbarer war als alles andere auf der Welt.

Und so blieb Peng Fu nichts anderes übrig, als die Arbeit am Friedhof des Nachts oder im Morgengrauen zu verrichten, um sich bei Sonnenaufgang unausgeschlafen zu Herrn Zhou zu schleppen und das dortige Anwesen zu hegen und zu pflegen, was ihn bis weit in den Abend hinein in Anspruch nahm.

Dazu muss man wissen, dass Herrn Zhous Hausgarten kein gewöhnlicher war, sondern einer der größten in der Stadt: Er umfasste ein halbes Dutzend Lotusteiche, überspannt von kühn geschwungenen Brücken, daneben allerlei künstlich angelegte Hügel, umgürtet von Wegen aus schneeweißem Kies, dazu Kanäle und Becken, in die sich Miniaturwasserfälle ergossen, dazwischen Steingärten, deren Felsgebilde den berühmtesten Berggipfeln im Kaiserreich nachempfunden waren. Es gab Weiher mit Brokatkarpfen, Pavillons, Aussichtshäuschen und begehbare Trockenboote, es gab Hecken und Sträucher in allen erdenklichen Formen – Sonne und Mond, Vögel, Schlangen und Schweine –, ebenso Kräuter- und Obstgärten, Kiefern- und Bambushaine, Trauerweiden und Winterkirschen, Terrassen voll Chrysanthemen und sogar einen kunstvoll verschlungenen Irrgarten. Nur Päonien wuchsen keine in dem riesigen Gartenparadies.

Aber auch so hatte Peng Fu an allen Ecken und Enden des Gartens zu rackern. Die Beschwernisse waren gewaltig, ständig galt es zu jäten und zu düngen, zu stutzen und zurechtzuschneiden, zu setzen und zu ernten. Doch obwohl jede Faser seines Körpers schmerzte und er vor Erschöpfung fast im Stehen einschlief, vollbrachte Peng Fu binnen weniger Wochen wahre Wunder und ließ den Garten in solch üppiger Pracht erstrahlen, dass selbst Herr Zhou nichts daran auszusetzen fand. Auch wenn es sein Gebieter nie zugegeben hätte: In kurzer Zeit hatte sich Peng Fu unverzichtbar gemacht.

Dies wiederum erleichterte dem Gärtner seine eigentliche Aufgabe: Schon bald erhielt er tiefere Einblicke in den Haushalt und das Leben von Herrn Zhou – und versuchte, sich jede Kleinigkeit einzuprägen, um Mudan sogleich von seinen Nachforschungen berichten zu können.

Aus den ersten Eindrücken ergab sich folgendes Bild: Herr Zhou war seit den Tagen, als Mudan bei ihm gedient hatte, in der kaiserlichen Beamtenhierarchie weiter aufgestiegen, war dadurch noch reicher geworden und hatte sein Haus immer großzügiger ausbauen und immer verschwenderischer einrichten lassen. Die größte Veränderung aber hatte es innerhalb von Herrn Zhous Familie gegeben: Seine Frau Yu hatte, nur wenige Monate nach dem Tod von Mudan und ihrer Tochter, selbst ein Kind zur Welt gebracht: ein Mädchen namens Ning, das inzwischen knapp fünf Jahre zählte.

Herrn Zhous Wesen war Peng Fu vom ersten Tag an zuwider gewesen. Sein neuer Gebieter mochte vordergründig freundlich und höflich sein – vor allem, wenn er Besuch von Vorgesetzten aus der Hauptstadt erhielt –, doch darunter lag ein harter, hochmütiger Kern. Er ließ Peng Fu und die anderen Dienstboten nur zu deutlich spüren, dass er sie verachtete und sie in seinem Haushalt lediglich duldete, und auch das nur, solange sie übermenschlichen Fleiß an den Tag legten.

„Und hat er auch wieder eine Dienstmagd?", wollte Mudan wissen. *„Stürzt er schon das nächste Mädchen ins Unglück?"*

Das musste Peng Fu freilich verneinen. Zwar beschäftigte Herr Zhou eine Vielzahl von Haus- und

Laufburschen, doch hatte Frau Yu nach den damaligen Vorfällen offenkundig darauf bestanden, dass kein weibliches Wesen mehr ins Haus kam.

„Beobachte ihn weiter", forderte Mudan, „all seine Worte und Handlungen. Sein Inneres ist durch und durch verdorben – und diese Bosheit muss irgendwann nach außen dringen. Bei der nächsten Untat wird er bezahlen!"

Also verdoppelte Peng Fu seine Bemühungen. Wann immer es ihm möglich war, heftete er sich heimlich an Herrn Zhous Fersen, belauschte ihn bei seinen Unterredungen mit anderen Beamten, horchte die Dienstboten behutsam nach dunklen Geheimnissen ihres Herrn aus, versuchte, Gesprächsfetzen bei Tisch aufzuschnappen und presste zur Mittagsruhe sein Ohr an die Schlafzimmertür.

Aber mit jedem Tag, mit jedem vergeblichen Versuch, einem Verbrechen oder auch nur einer Nachlässigkeit seines Herrn auf die Spur zu kommen, fraß sich die Enttäuschung tiefer in Peng Fus Herz: Es wurde zwar immer offensichtlicher, welch ein Scheusal Herr Zhou war, welch Geizhals und Heuchler, aber etwas Greifbares konnte man ihm nicht nachweisen. Er nahm keine Bestechungsgelder an und machte sich keiner Unterschlagung schuldig, er entrichtete pünktlich seine Abgaben und widersprach niemals einer Anordnung von oben.

Gewiss, er zahlte seinen Bediensteten einen Schandlohn, war gnadenlos streng, lobte niemals und verlangte immer *noch* härteren Einsatz – während er und seine Frau greise Bettelmönche und Hausierer mit einer Handbewegung verscheuchten, wie man es mit lästigen Fliegen tut –, aber genau so geschah es auch in zahllosen anderen wohlhabenden Haushalten.

Je länger er sich mühte, Herrn Zhou zu fassen zu bekommen, desto häufiger schlugen Peng Fus Gefühle von Ohnmacht in Wut um. Sein Gebieter erschien ihm wie das Gletschereis auf den fernen Bergen: kalt, glatt, unerreichbar. Er hielt sich an alle kaiserlichen Gesetze, an alle Verwaltungsvorschriften – aber waren das nicht Gesetze und Vorschriften, die von Reichen für Reiche gemacht wurden?

„Du musst es weiter versuchen", drängte Mudan, „er darf nicht so einfach davonkommen. Ihm – und damit auch mir – muss Gerechtigkeit widerfahren."

Peng Fu wusste natürlich, dass sie recht hatte. Aber mit jedem Tag, an dem er sich für Herrn Zhou schinden und erniedrigen musste, ohne sich dem eigentlichen Ziel auch nur einen Schritt anzunähern, kam ihm der Glaube an die Gerechtigkeit weiter abhanden.

Nur eines versüßte dem Gärtner die Mühen, die – wie der Garten – nie zu enden schienen. Und das war ausgerechnet die Gesellschaft von Ning, der kleinen Tochter von Familie Zhou. Anfangs hatte das Mädchen, das am liebsten den ganzen Tag durch die Gartenanlage streifte, auf der Suche nach Abenteuern und Entdeckungen, dem neuen Gärtner nur scheu von ferne bei der Arbeit zugesehen. Doch wie die meisten Kinder in diesem Alter hatte es seine Schüchternheit rasch abgelegt und schon bald Zutrauen zu Peng Fu gefasst.

Zunächst war es dem Gärtner gar nicht recht gewesen, dass Ning mit ihm spielen und herumtollen wollte. Wie er nur zu genau wusste, hatte Herr Zhou seiner Tochter jeden Umgang mit den Dienstboten untersagt. Und die Gartenarbeit duldete keinen Aufschub. Doch das kleine Mädchen war so reizend und fröhlich, dass Peng Fu irgendwann nicht mehr Nein sagen konnte, zumal Ning sonst keine Spielkameraden hatte.

Und zu seiner Verblüffung merkte er schon bald, dass es ihm selbst große Freude bereitete, mit Ning zwischen den Hügeln Verstecken und Fangen zu spielen oder flache Kiesel über das Smaragdwasser der Zierteiche hüpfen zu lassen. Ihr ausgelassenes Wesen ließ ihn die Strapazen eines langen Werktages vergessen. Und so kam es, dass er bald schon jede seiner dünn gesäten Pausen dem kleinen Mädchen widmete.

Gemeinsam pflückten sie Blumen und Kräuter und Peng Fu erklärte dem Kind alles, was er über die Pflanzen wusste. Manchmal beobachteten sie auch die Mandarinenten, die sich neu im Garten angesiedelt hatten. Mit seinem ganzen handwerklichen Geschick bastelte er für Ning aus Zweigen, Stroh, bunten Steinen und Stofflappen eine Puppenfamilie. Gerne erzählte er dem Mädchen auch alte Volkssagen, die er als Kind von seiner Großmutter gehört oder von den Pflanzen am Friedhof vernommen hatte. Oder er lauschte seinerseits den fantastischen Geschichten, von denen Ning nur so übersprudelte: Sie handelten von sprechenden Tieren, von Bergen, die auf Wanderschaft gingen, oder von Wolken, die am Himmel miteinander tanzten. Die Erzählungen berührten Peng Fu und brachten ihn oft auch zum Lachen.

Dass Ning ihren Eltern von alledem nichts verraten durfte, machte die Verbindung zwischen dem Mädchen und dem Gärtner nur noch inniger. Manchmal, wenn sich Ning ängstlich an sein Bein klammerte oder sich ganz vertraut zu ihm ans Ufer eines Weihers setzte, um die Fische zu beobachten, dachte Peng Fu, wie schön es doch wäre, selbst eine Familie zu haben.

Doch während ihm das Mädchen mit jedem Tag stärker ans Herz wuchs, sodass er dem Tagewerk regelrecht mit Freude entgegenblickte, wurde seine Wut auf Nings Vater immer größer.

DREI

"Wann bringst du mir Nachricht über Herrn Zhou? Wann wird er endlich büßen? Wann wird auch er das Elend schmecken?", fragte Mudan jedes Mal aufs Neue Ungeduld und Verzweiflung verzerrten ihre sonst so sanfte Stimme zu einem schrillen Diskant. Immer bohrender wurden ihre Fragen. Eines frühen Morgens, als er vor Mudan stand und wieder nichts zu vermelden hatte, konnte es Peng Fu nicht länger ertragen.

"Was soll ich denn tun?!", schrie er in die Stille. Kein Windhauch regte sich. Irisierende Tautropfen lagen auf Mudans Blütenblättern und schmückten sie wie Perlen. Nie war sie Peng Fu so schön erschienen, nie so verletzlich – und nie hatte er sich so ohnmächtig gefühlt, weil er ihren Wunsch nicht erfüllen konnte.

Er seufzte tief. „Es ist hoffnungslos. Herr Zhou hat eine schwarze Seele, aber seine Weste ist weiß wie frisch gefallener Schnee. Er ist einfach zu reich, zu mächtig, zu stark für einen armseligen Tropf wie mich. Es gibt nichts, was wir ihm in dieser Welt anhaben können."

Mudan hatte bisher kein Wort gesprochen. Man hätte glauben können, sie schlafe noch, so wie alle anderen Pflanzen es taten, doch Peng Fu konnte spüren, dass sie wach war. Sie schien tief in Gedanken versunken.

Als sie schließlich doch noch das Schweigen brach, tat sie es nicht in jenem bitteren, schneidenden Tonfall, den sie in den letzten Wochen angeschlagen hatte. Ganz im Gegenteil, ihre Stimme klang jetzt verhalten, zögerlich – und trauriger denn je. Umso härter traf Peng Fu das, was sie sagte.

„Etwas gibt es. Es ist das Wertvollste, das Herr Zhou besitzt. Seine kleine Tochter."

Wieder trat Stille ein, doch nun war es Peng Fu, als würden durch diese Stille hundert Stürme toben. Er brachte keinen Laut hervor.

„Es ist die einzige Möglichkeit, Peng Fu. Du musst ihm nehmen, was er mir nahm. Ein Mädchen für ein Mädchen."

Peng Fu stockte der Atem. Hatte sie das wirklich gesagt? Die Päonie, die er für so rein und gut gehalten hatte, verlangte von ihm, zu morden? Es war ungeheuerlich. Es war beschämend. Sein Entsetzen wich blindem Zorn.

„Was redet Ihr da? Ich soll einen Menschen töten? Noch dazu ein kleines Mädchen, die Unschuld selbst? Wie könnt Ihr nur Derartiges von mir verlangen? Ich kann mir nichts Abscheulicheres, keine größere Untat denken!"

Mudans Stimme klang kühl. „Nun, war es nicht auch abscheulich, als ich – wahnsinnig vor Hunger – meine Tochter aus mir herausgepresst habe, die starb, noch ehe ich ihr auch nur einmal die Brust geben konnte? Das macht dich nicht wütend? Das empört dich nicht? Oder soll ich dir erzählen, wie mir Strauchdiebe Rippen und Nase brachen, um mich dann wie eine Hündin zu schänden? Keiner will meine abscheuliche Geschichte hören. Das Unrecht der Vergangenheit, es ist vergessen. Und wenn du schon von Unschuld sprichst: Gibt es etwas Unschuldigeres als ein Kind, das gerade das Licht der Welt erblickt hat? Auch meine Tochter war unschuldig und Herr Zhou hat sie getötet, als er uns auf die Straße gestoßen hat, wohl wissend, dass wir zugrunde gehen würden. Meinem Mädchen war das Leben bestimmt, das nun ein anderes führt. Es ist nur gerecht, dass du dieses Leben wieder nimmst."

„Ihr irrt euch", sagte Peng Fu und wandte sich ab. Seine Wut war verraucht, nur noch der Schmerz war übrig. „Ihr irrt euch ..."

„Du enttäuschst mich, Peng Fu. Hast du nicht gesagt, du würdest alles für mich tun? Ich bin es ja gewohnt, verraten zu werden. Aber von dir ...? Lass mich jetzt allein, ich bin müde."

Die Blume schloss ihre Blüten. Noch einige Augenblicke stand Peng Fu wie gelähmt da, dann verließ er das Grab. Ihm war übel, der Schweiß stand ihm auf der Stirn und seine Knie zitterten. Dabei hatte er doch nichts Unrechtes getan! Im Gegenteil: So sehr er die Blume liebte – *ja, er liebte sie, zum ersten Mal gestand er sich das ein!* –, er wollte sich nicht von ihren Rachegelüsten verleiten lassen. Ihr war Grauenvolles zugefügt worden, daran bestand kein Zweifel. Dafür hasste er Herrn Zhou und dessen hartherzige Frau. Und auch er selbst war sein ganzes Leben von der Obrigkeit ausgebeutet und unterjocht worden. Er hätte sich nur zu gerne an ihnen allen gerächt … *aber ein Kind töten*?

Falsch, das war es doch. Aber warum plagten ihn dann solche Gewissensbisse? Warum hatte er das Gefühl, ein Versprechen gebrochen zu haben? Die nächsten Tage mied Peng Fu die Päonie. Er kümmerte sich um die anderen Pflanzen, die merkwürdig schweigsam waren und ihn unbehelligt ließen, als spürten sie den Druck, der auf seinem Herzen lastete. Er tat weiterhin seine Pflicht in Herrn Zhous Garten und spielte mit dessen Tochter Ning, wenn auch auf nachdenkliche und schwermütige Weise. An Mudans Grab hielt er sich höchstens noch kurz auf. Hatte er sich zuvor aufopferungsvoll um sie gekümmert, ließ er ihr jetzt nur noch die notwendigste Pflege zuteilwerden. Von ihrem Wunsch wollte er nichts mehr hören. Doch die Blume hielt ihre Blütenblätter ohnedies geschlossen und schwieg.

Und doch hörte er sie, die ganze Zeit. Wenn er am Tag seiner Arbeit nachging, raunte die Stimme in seinen Ohren, wenn er sich nachts auf seinem Strohsack wälzte, säuselte sie aus dem schlafenden Garten und wenn er morgens aufwachte, umhüllte ihn bereits ihr lila Timbre. Mudan hatte sich längst in seinem Kopf festgesetzt und ihre Wurzeln geschlagen.

„Du hast mich vernachlässigt", empfing sie ihn, als es Peng Fu irgendwann nicht mehr aushielt und ihr Grab aufsuchte. „Wo warst du?"

„Ich hatte viel zu tun …", stammelte Peng Fu, wohl wissend, dass es sich dabei um die dümmste aller Ausreden handelte. „Die beiden Gärten erfordern viel Zeit … Ich weiß nicht, wo mir der Kopf steht."

„Das weiß ich auch nicht. Vor nicht langer Zeit hast du mir deine Treue geschworen – wie einst ein anderer Mann. Bist du etwa so wie er?"

„Natürlich nicht." Der Vorwurf traf Peng Fu mitten ins Herz. Und doch war er überglücklich, dass das Schweigen ein Ende hatte. Wie sehr er Mudan vermisst hatte! Ihre Stimme, ihren schlanken grünen Leib, ihre Blüten und Knospen …

„Ich will ja für Euch da sein, wie ich es Euch versprochen habe. Aber was Ihr von mir verlangt … es ist so … *schwierig*."

„Ich habe nicht gesagt, dass es leicht sein würde. Wir alle müssen wachsen – auch du. Hast du dir deine Pflanzen *einmal genau angesehen? Sie wachsen nicht immer gerade, sie wachsen nach links und nach rechts, in die Schräge und in Ranken und manchmal müssen sie sich nach Kräften biegen, bevor es wieder nach oben geht. Die Hauptsache ist, dass sie wachsen. Manches fühlt sich im Moment merkwürdig an, im Nachhinein aber stellt es sich als richtig heraus. Was mit mir geschehen ist, darf nicht ungesühnt bleiben. Du weißt, dass es so ist."*

Am nächsten Tag spielte Peng Fu nicht mit Ning. Er traf erst spät in Herrn Zhous Garten ein und als das Mädchen auf ihn zugelaufen kam, wies er es mit fadenscheiniger Begründung ab. Er brachte es nicht fertig, Nings Blick zu erwidern. Und doch wusste er, dass sie ihn in diesem Moment aus traurigen Augen ansah, enttäuscht darüber, dass der freundliche Gärtner auf einmal so griesgrämig war.

Am Abend, nachdem er den Friedhofsgarten bewässert hatte, stand er auf der Hangterrasse und starrte hinunter auf den Gelben Fluss. Was, wenn er den fruchtbaren Schlamm nie aufgetragen hätte? Dann wäre er jetzt zwar einen Kopf kürzer, aber auch seiner Sorgen ledig – sie hätten sich verflüchtigt wie ein Wirbel im heiligen Strom, der alles Werden und Vergehen der Menschen so bedeutungslos erscheinen ließ.

Als er seinen Blick vom fließenden Wasser löste, hatte er seine Entscheidung getroffen.

„Wie wirst du es tun?", fragte Mudan sanft. *„Wirst du sie in den Brunnen stoßen? Mit einem Kissen ersticken? Oder mit der Schaufel erschlagen?"*

„Gemeiner Stechapfel." Peng Fu zog ein Fläschchen aus seinem Gewand hervor. „Die Samen enthalten das meiste Gift. Zerstampft und vermischt mit süßer Bohnensuppe, um den Geschmack zu überdecken, wirkt es zuverlässig. Der Tod tritt nach einer Stunde ein."

Als er sich am nächsten Morgen auf den Weg in die Stadt machte, war die Welt in ein grelles, schmerzendes Licht getaucht. Er fühlte sich starr und taub, wie die Figur eines Marionettenspielers, die mit ungelenken Bewegungen übers Pflaster tappt.

Das Lichtspiel der Sonnenstrahlen auf dem Grund des Hausgartens hatte seine Unschuld verloren und blendete in den Augen. Alles Liebliche schien aus dem dichten Grün des Gartens gewichen und auf dem Wasser schien statt Lotus Stechapfel zu blühen. Sogar die zarten Bambusblätter waren wie Messerklingen und die orange-weißen Koi in den Teichen schnappten mit ihren Mäulern, als riefen sie ihm lautlose Warnungen zu.

Spitze Kinderschreie rissen ihn aus seinen Gedanken. Ning! Was war mit ihr? Mit einem Mal spürte er wieder, wie sehr sie ihm ans Herz gewachsen war. O Himmel, wie grauenvoll war das, was er vorhatte! War ein Dämon in ihn gefahren? Was war das für eine giftige Saat, die Mudan da in sein Gemüt gepflanzt hatte?

Ohne nachzudenken rannte er in den zweiten Hof des Anwesens, wo die Frauengemächer lagen. Die Schreie wurden lauter. Die Luft brannte in seinen Lungen und beim Gedanken, dass Ning in Gefahr war, schnürte sich sein Herz zusammen. Welch lächerliche Regung, wo er selbst doch nun die größte Gefahr für sie war! Doch er nahm sich zusammen und dachte an Mudan und an das Unrecht, das gesühnt werden musste.

Da lag das Mädchen. Auf einer Bambusmatte am kalten Steinboden. Die Dienstboten standen um sie herum und gafften und ein pickeliger Hausbursche namens Schielaugen-Zhang drückte ihre Schultern nieder, während sie strampelte und schrie. Was geschah nur mit ihr? Warum ließ man diesen grobschlächtigen Kerl an das Mädchen heran?

Ihre Füßchen, die sonst so munter über Moospolster und Steinbrücken hüpften, waren geschwollen und blutverschmiert. Daneben ein Ziegelstein, groß wie ein Getreidescheffel, die raue Oberfläche rot getränkt.

Peng Fu stürzte zu ihr hin. „Kleine Ning! Ich bin da!"

Sie verstummte, blickte zu ihm auf und aus ihren Augen sprang ihm ein Schmerz entgegen, der ihn taumeln ließ. Ein Lächeln huschte über ihr Gesicht. Er strich ihr die Haare aus der Stirn.

„Alles wird gut, kleine Ning, alles wird gut!" Tränen schossen ihm in die Augen. Elende, elende Welt.

„Es ist bereits alles gut", erklang aus dem Hintergrund die näselnde Stimme der Hausherrin.

Erschrocken fuhr er herum. Da stand Frau Yu, in ihrer eisblauen Brokatrobe, mit goldenen Blüten im Haar und ihrem feisten Gesicht, das an ein Dampfbrötchen erinnerte. Die Blutspritzer an ihren Händen und das Bündel Bandagen, das sie unter den Arm geklemmt hatte, schienen seltsam fehl am Platz.

„Was hast du hier zu schaffen, Diener?", blaffte ihn Frau Yu an.

Peng Fu fiel auf die Knie. Wie sehr er diesen Fuchsgeist hasste! Elegant wie eine Perle war sie, aber genauso glatt und hart war auch ihr Herz. Da lag ihr einziges Kind schwer verletzt darnieder und sie zeigte keine Regung.

„Erlauchte Blüte des Ostens", hob er an und hoffte, dass man seine Abscheu nicht heraushörte, „dass ich Nichtsnutz in die verbotenen Gemächer eindringe, ist selbstredend unverzeihlich und der verehrte Haushofmeister möge mich dafür windelweich prügeln, doch entsprang mein frevelhaftes Verhalten ausschließlich der Sorge über die kleine Dame, deren Anmut alle Himmel erfreut."

Frau Yu schnaubte verächtlich. „Du Tölpel hast wohl zu viel Blumenerde gefressen! Hast du noch nie von der Kunst des Füßebindens gehört? Die kleine Dame wird erst dann eine Dame, wenn der Lotusfuß trefflich geformt ist. Und das war bei dem Kind höchste Zeit! Sie ist ja schon fünf!"

Als er sah, wie Frau Yu mit schwankenden Beinen und trippelnden Schritten auf Ning zuging, erinnerte er sich an das, was ihm seine Großmutter vor langer Zeit über die Sitten in reichen Häusern erzählt hatte. Die edlen Damen fanden nur dann einen Mann, wenn sie verkrüppelte Füße hatten, denn das und nur das entsprach den sinnlichen Vorlieben der hohen Herren und hinderte die Damen an allzu hochfliegenden Plänen, wie etwa das Haus zu verlassen oder zu glauben, für sie gäbe es noch etwas anderes als schön zu sein und ihren Leib darzubieten, auf dass der Herr reich an Söhnen sei.

So hartherzig Frau Yu auch sein mochte, einst war sie selbst ein Mädchen wie Ning gewesen, unbeschwert und sorglos bis zu dem Tag, an dem die Drachenmutter mit Ziegelstein und Bandagen erschienen war und ihr zusammen mit den zarten Fußknochen auch den Willen und die Lebenskraft gebrochen hatte. So wie es auch deren Mutter mit ihr getan hatte. Und deren Mutter. Und deren Mutter. Eine endlose Kette aus weitergereichter Qual, pochenden Wunden und durchweinten Nächten.

Und da begriff Peng Fu, dass Ning zu einer ebensolchen Drachenmutter heranwachsen würde, zu einer gefühllosen Seidenpuppe, deren Schmerzen zu Hass gerinnen würden, und dieser Hass würde sich auf die Dienstboten entladen, auf die Hausmädchen, auf die Nebenbuhlerinnen, und er würde wachsen und weiter wachsen, wenn sie versagte und ihrem Herrn keinen männlichen Nachfahren schenkte, sondern ein wertloses Mädchen, das die Ahnenreihe nicht fortsetzen konnte, und dann würde sie keine Sekunde zögern, selbst einen Ziegelstein so groß wie ein Getreidescheffel auf die Füße ihres Töchterchens zu schmettern, wieder und wieder, so lange, bis Fleisch und Knochen eine formbare Masse geworden waren. Damit das Mädchen zumindest als Ehefrau etwas taugte.

Und dann würde sie, wie Frau Yu jetzt, mit eiserner Entschlossenheit die Bandagen um die blutigen Klumpen wickeln, die kurz zuvor noch Kinderfüße gewesen waren, und sie würde die Stoffbänder so fest zusammenziehen, dass das Kind die Besinnung verlor.

Die Tränen liefen Peng Fu über die Wangen. Nun war ihm vollends klar, dass es bei einem Leben wie diesem einerlei war, ob es gelebt wurde oder nicht. Ziegelstein und Bandagen hatten alles aus dem Mädchen herausgepresst, was sie lebendig und einzigartig machte. Wie eine Trockenblume wäre sie zwar noch lieblich anzusehen, tatsächlich aber würde sie zum namenlosen Stein in einem Go-Spiel erstarren. So würde man sie nach Belieben versetzen und sie würde alle Züge ausführen, die der Himmelssohn und seine Hofschranzen, die Staatsdenker und ihre Schreiberlinge, die Schwiegermütter und ihre Spioninnen diktierten, weil es auch ihnen diktiert worden war, weil sie dachten, es sei die einzig wahre himmlische Spiel-ordnung.

Himmlisch, fürwahr. Peng Fu konnte zwar keine zehn Schriftzeichen unterscheiden und gerade einmal mit Hilfe seiner Finger zählen, dennoch stand es ihm in diesem Moment glasklar vor Augen: Dies war nicht die himmlische Ordnung, nein! Dies war die Hölle und irgendwann, irgendwo musste es ein Reich geben, das weder Herren noch Dienstboten kannte, weder Kaiser noch Sklaven, weder verkrüppelte Füße noch Säuglinge, die in der Gosse starben. Ein Reich, in dem jedes Menschenkind so wachsen und gedeihen durfte wie die Blumen des Frühlings, wie die Bäume des Waldes, und in dem die Früchte des Herbstes für alle gleichermaßen bereitstanden.

Und wenn die kleine Ning jetzt, da ihr Karma noch rein war, dieses jämmerliche Leben hinter sich ließ, dann würde sie möglicherweise in jenem friedvollen, wunderbaren Reich wiedergeboren …

Nun fühlte er sich wieder stark. Er rannte in die Küche, stahl ein Schälchen Bohnensuppe von einem Lacktablett und rührte in einer dunklen Ecke stehend mit einem Porzellanlöffelchen die Stechapfelsamen ein.

Dann huschte er zurück zu den Frauengemächern, stets darauf bedacht, von niemandem gesehen zu werden. Ning lag leise wimmernd in ihrem Schlafgemach und die Dienerschaft ging wieder ihrer Arbeit nach. Nur der dicke Haushofmeister saß schnarchend in einem Bambussessel an ihrem Bett.

Peng Fu schlich sich heran und setzte sich auf die Bettkante. Ning hatte keine Kraft, etwas zu sagen. Ihr Blick war trüb, aber er meinte, einen Hauch von Vertrauen und Zuversicht darin aufblitzen zu sehen, als sie ihn erkannte. Erneut kamen ihm die Tränen.

„Ich habe dir etwas Gutes mitgebracht, kleine Ning", sagte er mit zitternder Stimme. Wie er sich verachtete! Aber dann dachte er wieder an die Drachenmütter und den Kreislauf der Qual. Und an Mudan.

„Bald hast du keine Schmerzen mehr, kleine Ning." Löffel für Löffel flößte er ihr die süße Todessuppe ein und dann hielt er noch eine Weile ihre weiche, vertrauensvolle Hand.

Wenig später verschwand er ungesehen aus der Kammer. Ein letztes Mal durchquerte er den Hausgarten, dessen Stille und Beschaulichkeit ihm nun plötzlich unwirklich, ja wahnhaft erschienen, und tappte auf die Straße hinaus. Zwar hätte er noch viel Arbeit vor sich gehabt, doch ihm war bewusst, dass Nings Tod nicht lange unbemerkt bleiben würde. Und eines stand fest: Herr Zhou würde den Schuldigen suchen. Und finden.

Doch im Grunde kümmerte Peng Fu all das nicht mehr. Wie betäubt taumelte er durch die belebten Gassen der Stadt. Das Wetter hatte umgeschlagen, die Luft war nun dick wie Teig und vom Gelben Fluss stiegen zähe Nebel herauf, die langsam alles einhüllten. Es war, als spiegle sich darin Peng Fus Seelenzustand wider: Auch in ihm war alles voller Nebel, konturlos und verschwommen.

Doch er spürte, dass dieser Zustand nicht lange anhalten würde. Schon bald würde das, was er soeben getan hatte, die Schleier durchdringen und in voller Klarheit vor ihm aufsteigen. Und diese Klarheit fürchtete er mehr als alles andere. Also betrat er eine Schenke, kauerte sich in den einsamsten und dunkelsten Winkel und begann, sich zu betrinken. Ein Schälchen nach dem anderen stürzte er hinunter, ohne etwas zu schmecken, Hirse-, Weizen- und Reisschnaps. Nur klare Destillate konnten sein Bewusstsein jetzt ausreichend trüben und mit ihrer Schärfe alle Gedankenfäden verbrennen, die sich ständig von neuem entspannen.

Als Peng Fu die Spelunke verließ, war längst die Nacht hereingebrochen. Vorbei an Gaunern, Säufern und Dirnen torkelte er durch das Gewirr der schummrigen Gässchen, bis die Stadt irgendwann hinter ihm zurückblieb und er seine Hütte erreichte. Ohne auch nur die Schuhe abzustreifen, sank er auf die Strohmatte nieder und fiel in einen ohnmachtsgleichen Schlaf.

VIER

Er erwachte mit einem Ruck. Vor seinen Augen hingen immer noch Traumgespinste, tanzende Blütenkelche in vollendeter Rundung, die sich jedes Mal, wenn er sie berühren oder ihren aromatischen Duft einsaugen wollte, in weit aufgerissene Münder verwandelten und dann in ebenso runde, vor Schreck und Schmerz geweitete Kinderaugen.

Im nächsten Augenblick bohrten sich von allen Seiten Schwerter in seinen Schädel, Dolche und Speere und Spieße, als würde die gesamte kaiserliche Leibgarde über ihn herfallen. Noch nie hatte er so entsetzliche Kopfschmerzen gehabt. Und doch war das alles nichts im Vergleich zu dem, was in seinem Inneren pochte und stach.

Peng Fu schrie auf, ein durchdringender, zugleich kläglicher Laut, der mehr von einem wilden Tier hatte als von einem Menschen. Was hatte er nur getan? Was um alles in der Welt hatte er angerichtet? Wie hatte er das liebste und fröhlichste und unschuldigste Wesen, das er je gekannt hatte, ermorden können? Ein kleines Mädchen, das ihm vertraut hatte wie keinem anderen Menschen? Wie hatte es jemals soweit kommen können? Und was sollte nun aus ihm werden? Alles war nun vorbei, alles, alles.

Er brüllte und weinte, riss sich die Haare büschelweise aus, schlug seinen Kopf gegen die Wände der Hütte, dass Bambus und Holz nur so splitterten, und wand sich in Krämpfen, als ob er selbst das Gift geschluckt hätte und nicht die kleine Ning, die nun nie mehr spielen und lachen und ihn an der Hand nehmen und ihm Geschichten erzählen und mit ihm durch den Blumengarten streifen würde …

Blumen? *Blumen?* Mit einem Mal schlug Peng Fus Verzweiflung in Zorn um. Mudan! Die Blumenfrau war an allem schuld. *Sie* hatte ihn dazu angestiftet, sie hatte ihn und Ning ins Unglück gestürzt, nur sie! Verführt hatte sie ihn, verzaubert, seine Sinne verwirrt mit ihrer sanften Stimme und ihren schweren Dünsten und den betörenden Bildern, die sie in seinem Kopf erzeugt hatte, süßen, bösartigen Trugbildern!

Doch nun sollte sie büßen … Peng Fu rannte in den Schuppen, wühlte sich durch seine Gerätschaften und fand schließlich, wonach er gesucht hatte: die kostbare Bügelschere mit den gekreuzten Halmen, mit der er nur die schönsten Päonien zu hegen und zu stutzen pflegte, und die, wie ihm jetzt schien, sogar noch Mudans Duft an sich trug. Die Schere funkelte im Schein der aufgehenden Sonne, als Peng Fu nun, besinnungslos vor Wut, zum Friedhof stürzte.

Er wollte Mudan leiden sehen! Er wollte, dass sie die Verzweiflung fühlte, wie er sie spürte, er wollte seinen Schmerz in sie hineinschneiden. Er würde die Blumenfrau enthaupten, würde ihr einen Blütenkopf nach dem anderen abtrennen, die zarten Blätter zertreten und in den Boden stampfen, dann die ganze Pflanze mit Stumpf und Stiel ausreißen und verbrennen und Rauch und Asche in alle Windrichtungen verstreuen.

Schon lag der Gräbergarten vor ihm. In der Nacht musste es geregnet haben, denn noch immer hingen feine Tropfen an allen Blumen und Büschen und Bäumchen, Tausende und Abertausende von winzig kleinen Kristallketten, die den morgendlich-stillen Friedhof mit einem überirdischen Schimmer erfüllten. Schöner als in diesem Moment war die Anlage nie gewesen.

An jedem anderen Morgen hätte sich Peng Fu diesem atemberaubenden Anblick bereitwillig hingegeben. Doch jetzt hatte er keine Augen dafür. Sein Blick war starr geradeaus gerichtet, auf die gegenüberliegende Seite des Friedhofs, wo am Ende eines langen Spaliers aus blumenbestandenen Ruhestätten das eine nun verhasste Grab stand und auf ihm die eine unvergleichlich schöne Päonie, die er jetzt vernichten würde. Er konnte es kaum noch erwarten und beschleunigte seine Schritte.

„HAAAALT!", donnerte da plötzlich eine machtvolle Stimme direkt in Peng Fus Ohr. „WO WILLST DU HIN?"

„Bekümmert Euch nicht darum, großer Bai Qi", murmelte Peng Fu, der die Stimme des Feldherrn sofort erkannt hatte, „ich habe nur eine klitzekleine gärtnerische Aufgabe zu erledigen, nichts, womit ich einen Mann der gewaltigen Taten wie euch zu langweilen wagte."

Geduckt eilte Peng Fu weiter. Oder wollte es zumindest.

„STEHENBLEIBEN, HABE ICH GESAGT!" Bai Qis Stimme klang nun so unerbittlich, als stünde er vor einem Haufen feiger Soldaten, die eben dabei waren, Fahnenflucht zu begehen. „ICH FRAGE DICH NOCH EINMAL: WOHIN WILLST DU MIT DER SCHERE?"

„Ich …", stammelte Peng Fu, „ich möchte die Armengräber am anderen Ende des Friedhofs pflegen, die …"

„LÜGNER", unterbrach ihn der General. „ICH WEISS, WAS DU WIRKLICH VORHAST: DU WILLST RACHE ÜBEN."

Peng Fu war es, als hätten sich seine Beine plötzlich in Schneckenschleim verwandelt, als gäben sie unter ihm nach und klebten zugleich am Boden fest. Er wusste, dass Leugnen zwecklos war. Lange schwieg er.

„Ihr habt recht, edler Herr", sagte er irgendwann tonlos. „Ich bin hier, um mich zu rächen. An einer Blumenfrau, die den Tod eines Kindes verschuldet hat."

„SO, SO. ALSO HAT *SIE* DAS KIND ERMORDET?", fragte Bai Qi in einem Tonfall, der verriet, dass er es besser wusste.

„Nein, das … war ich …" Peng Fus Stimme versagte und ging in ein jämmerliches Schluchzen über. „Aber … Mudan hat es mir befohlen."

„BEFOHLEN?" Bai Qi sprach nun lauter denn je. „WIE KANN SIE DIR ETWAS BEFEHLEN? IST SIE VIELLEICHT DEINE HERRIN?"

„Nein, aber …"

„UND SELBST WENN SIE ES BEFOHLEN HAT", marschierte der Feldherr über Peng Fus Wimmern hinweg, „HÄTTEST DU EINE ANORDNUNG, DIE SO OFFENKUNDIG FALSCH UND GRAUSAM UND UNMENSCHLICH IST, NIEMALS ER- FÜLLEN DÜRFEN."

„Aber … Sie hat meine Sinne benebelt. Ich wusste nicht, was ich tat. Ich war … nicht ich selbst."

„Nicht du selbst?", warf in diesem Augenblick eine bedächtige Stimme ein, die Peng Fu sofort als jene des Osmanthusbäumchens und somit des berühmten Philosophen Zhuang Zhou erkannte. „Also hast nicht du selbst das Gift in Nings Bohnensuppe gerührt?"

„Doch, Meister Zhuang, aber …"

„Und hast du dem Mädchen nicht eigenhändig den Löffel an den Mund geführt, bis die Giftmenge tödlich war?"

„Doch … das habe ich getan."

„Das heißt, du kannst dich an deine Tat erinnern?"

„Ja, Meister …" Peng Fu weinte wieder.

„Wie kannst du dann behaupten, du seist es nicht selbst gewesen?", fragte der Philosoph ganz leise. „Nein, nein, du warst keine Puppe an Fäden, wurdest nicht von Ferne gelenkt. Letzten Endes war es deine Entscheidung – und es IST deine Schuld."

„Aber ich wollte Mudan doch nur helfen!", rief der Gärtner unter Tränen aus. „Ich habe mich von ihrem grausamen Schicksal verleiten lassen, davon, was man ihr und ihrem Neugeborenen angetan hat, von all der Armut und dem Elend und der himmelschreienden Ungerechtigkeit. Ich habe es aus Mitleid getan!"

„Wirklich?" Meister Zhuang klang jetzt noch ernster und trauriger. „Hast du es nicht viel eher aus Selbstmitleid getan? Weil du selbst keine Familie gründen kannst und niemals eigene Kinder haben wirst? Aus Neid, weil der Reichtum von Herrn Zhou für dich stets unerreichbar *bleiben wird? Aus Hass, weil er all das hat, was du niemals haben wirst? Hast du nicht deshalb das unschuldige Kind getötet?"*

„Und wenn es so wäre?", fragte Peng Fu, mit einer plötzlichen Härte, die ihn selbst überraschte.

Indem er weitersprach, begann er, seinen Weg zwischen den Gräbern fortzusetzen. „Herr Zhou ist kein Mensch, er ist ein Ungeheuer, herzlos und geizig und grausam. Er hat mich immer nur benutzt, so wie er auch Mudan benutzt hat. Er hat es nicht anders verdient. Zumindest spürt er nun endlich am eigenen Leib, wie es ist, etwas zu verlieren, das man so sehr geliebt hat."

„Glaubst du das wirklich?" Eine sanfte und klangvolle Stimme schwebte zu Peng Fu herüber, gemeinsam mit dem aparten Duft einer Orchidee. Es war Zhuo Wenjun, die berühmte Poetin und Sängerin. *„Glaubst du wirklich, dass die Rache gelungen ist? Ein Kind für ein Kind?"*

„Aber natürlich", begann Peng Fu, „er …"

„Ich glaube vielmehr, dass sich Herrn Zhous Trauer in Grenzen hält", fiel ihm die Dichterin ins Wort. *„Für ihn war Ning nur ein Mädchen, letztendlich wertlos. Er hatte schon lange vor, Frau Yu zur Konkubine herabzustufen, weil sie ihm noch immer keinen männlichen Nachkommen geschenkt hat. Gut möglich, dass er das nun tatsächlich tun wird. Vorher wird er sie aber noch windelweich prügeln, weil sie das Füßebinden nicht richtig vorgenommen*

hat und Ning offensichtlich daran gestorben ist. Dann wird er sich vermutlich eine neue Erstfrau nehmen, die ihm endlich den gewünschten Jungen gebiert. Und am Ende wird er glücklicher sein denn je."

„Das …, das glaube ich nicht!", schrie Peng Fu. „Er wird leiden! Er *muss* leiden!"

„Er hat seine Tochter nie geliebt", entgegnete Zhuo Wenjun, *„zumindest nicht so, wie du Ning geliebt hast, Peng Fu. Du hast dir selbst viel mehr genommen als ihm."*

Peng Fus Gesicht krampfte sich abermals zusammen, so wie sein Herz.

„Und außerdem", setzte nun wieder der Philosoph ein, „lässt sich ein Unrecht grundsätzlich nie durch ein zweites sühnen. Hast du dir denn nichts von alledem gemerkt, was wir dich hier im Gräbergarten gelehrt haben?"

Der Gärtner blickte stumm zu Boden.

„Herrn Zhou hätte die Strafe für seine Grausamkeit und seinen Hochmut ganz gewiss im nächsten Leben ereilt", sagte Meister Zhuang. „Es war nicht an dir, hier über ihn zu richten. Hast du die Welt durch deine Tat besser und gerechter gemacht? Nein, du hast Leid und Unrecht nur vermehrt."

„Aber Ning", stieß Peng Fu kläglich hervor, „ich habe sie doch erlöst. Von ihren Schmerzen, nachdem man ihre kleinen Füße zermalmt hatte. Von einem Leben in

Abhängigkeit, erst von ihrem Vater, dann von ihrem Ehemann. Ich habe sie vor einem Dasein in Pein und Knechtschaft bewahrt, davor, eines Tages die eigenen Töchter zu verletzen und so den Kreislauf aus Schmerz und Gewalt weiterzuführen, als Drachenmutter, als Teil der herrschenden Ordnung."

Peng Fu hatte diese Worte, die er sich zu seiner eigenen Rechtfertigung schon vor Nings Tod zusammengezimmert hatte, immer lauter ausgerufen.

Die Dichterin hingegen antwortete sachte und sanftmütig, was den Inhalt ihrer Rede umso niederschmetternder machte:

„Das redest du dir doch nur ein, Peng Fu", begann sie. *„Du kannst doch gar nicht wissen, wie sich Nings Zukunft entwickelt hätte. Vielleicht hätte sie trotz der Misshandlung ein erfülltes Leben haben, ja sogar glücklich werden können. Du selbst hättest ihr dabei helfen können. Und wer weiß, womöglich wäre gerade SIE es gewesen, die gegen die bisherige Ordnung, gegen all die Zwänge und Grausamkeiten aufbegehrt hätte?"*

Peng Fu wollte etwas erwidern, doch die Worte nahmen keine Gestalt an.

„Schau mich an, Peng Fu", sagte Zhuo Wenjun, *„auch mir wurden einst die Füße gebunden. Dennoch gelang es mir, die Schmerzen und die Demütigung zu überwinden und mich im Leben zu behaupten. Ich fand Schönheit und Erlösung in der Kunst und*

brachte es sogar zu Ruhm und Ansehen. Vielleicht wäre ja auch aus Ning irgendwann eine große Dichterin geworden?"

Der Gärtner rieb sich die verschwollenen Augen, die keine Tränen mehr hatten.

„Zumindest war Nings Karma noch rein", brach es schließlich aus ihm heraus und es klang fast trotzig. „Sie wird es im nächsten Leben besser haben, wiedergeboren in einer schöneren und gerechteren Welt." Wieder wollte er seinen Weg fortsetzen.

„Was glaubst du, übers Karma zu wissen?", fragte da ein buddhistischer Priester in Gestalt einer gelben Tulpe, der Peng Fu an so manchem Vormittag in tiefsinnigen Glaubensfragen unterwiesen hatte. „Glaubst du, du könntest ein Lebewesen einfach so von einer Welt in die nächste schicken? Gar ihr Schicksal vorherbestimmen? Wer bist du, dir das anzumaßen? Dich zum Herrn über Leben und Tod aufzuschwingen?"

„Hinzu kommt, dass die kleine Ning mitnichten eines sanften Todes gestorben ist", ergänzte aus einem anderen Winkel des Gräberfeldes die Stimme eines berühmten Heilkundigen. „Der Stechapfel ist ein grausames Gift, es führt zu Wahnbildern, entsetzlichen Krämpfen und langsamem Ersticken. Ning hat deinetwegen unermessliche Qualen erlitten."

„Nein!", schrie Peng Fu, „das … das glaube ich nicht. Sie ist friedlich eingeschlafen."

„Warst du dabei, als sie gestorben ist?", entgegnete der Heilkundige in schneidendem Ton. „Hast du ihr verzerrtes Gesichtlein gesehen? Ihren gekrümmten kleinen Körper, den Schaum vor ihrem Mund? Und die Furcht in ihren Augen, als sie ganz alleine gestorben ist, weil niemand da war, um ihre Hand zu halten? Nein, denn du hast dich ja davongestohlen, warst sogar zu feige, um bis zum Schluss mitanzusehen, was du angerichtet hast."

Der Gärtner schüttelte wieder den Kopf, wollte sich einreden, dass all das nicht wahr sei. Doch in seiner Vorstellung tauchten wieder die großen, schmerzgeweiteten Augen auf, von denen er in der vergangenen Nacht geträumt hatte. Und da wusste er, dass es wirklich so geschehen war.

„Nein, nein, von Erlösung kann keine Rede sein", hob nun wieder der buddhistische Gelehrte an. „Du hast schwerste Schuld auf dich gehäuft."

„SO IST ES!", brüllte der General von der anderen Seite. „EGAL, WIE MAN ES DREHT UND WENDET: MORD IST MORD IST MORD!"

„So hört doch endlich auf!" Peng Fu hielt sich die Ohren zu, wobei die Bügelschere in seiner Hand schmerzhaftkühl gegen seine Schläfen drückte, und rannte los.

Doch es war, als komme er nicht vom Fleck, als hätten sich Schlingpflanzen um seine Knöchel gewunden. Und so fest er auch die Fäuste gegen die Ohrmuscheln presste, die Rufe der Pflanzen drangen doch in sein Innerstes, ja wurden sogar noch lauter.

„Indem du vor deiner Schuld davonläufst, machst du alles nur noch schlimmer", rief der Philosoph. Seine sonst so freundliche Stimme klang durchdringend und kalt.

Peng Fu mühte sich weiter vorwärts, wie gegen eine Sturmfront, die Schere hoch erhoben.

„Was wirst du jetzt tun?", erklang von Gegenüber der Singsang der Dichterin, dem plötzlich etwas Hypnotisches innewohnte. *„Hast du immer noch vor, die Blume zu verstümmeln? Glaubst du immer noch, dass dir danach leichter ist?"*

Der Gärtner nickte stumm, ein grimmiges Lächeln zerdehnte sein Gesicht, während er sich Schritt für Schritt durch das Spalier kämpfte. Wie Hagelkörner prasselten die Worte der Pflanzen nun von überall her auf ihn ein, in immer dichterem Takt, so dass er die einzelnen Stimmen irgendwann nicht mehr unterscheiden konnte.

„Der Zorn über Mudan ist doch nur der Zorn über dein eigenes Versagen", tönte es von links.

„Ja, darüber, dass du dich deinem Neid und deinem Hass ergeben hast", kam es von rechts.

„Dass du zum Mörder geworden bist", erscholl es von vorne.

„Es ist der Zorn über dich selbst", raunte es von hinten.

„Und dir selbst kannst du nicht entkommen", rief es von allen Seiten gleichzeitig.

Immer enger zog sich das Netz der Stimmen zusammen, immer fester schlang es sich um seinen Körper und seine Seele, immer schneller und lauter durchpulsten die Worte sein Gehirn: Mord, Mord, Mord, Schuld, Schuld, Schuld, DU!, DU!, DU! …

Und plötzlich war es vorbei: Der Sturm ebbte ab, die Lähmung löste sich, er brach durch die Wand aus Stimmen – und fand sich in vollkommener Stille wieder. Genau vor Mudan.

Atemlos stand Peng Fu vor ihr, der Blume seines Lebens, die sich prachtvoller und lieblicher vor ihm erhob denn je – und wartete darauf, dass sie zu ihm sprach und die Schuld von ihm nahm. Doch Mudan hüllte sich in Schweigen.

Peng Fu begann auf sie einzureden, erst leise, dann immer heftiger. Nichts.

Die Verwirrung des Gärtners wuchs mit jedem Augenblick. Er wusste nun gar nichts mehr. Nicht einmal, ob er sie hasste oder liebte. Da schrie er auf sie ein, Flüche, Liebesschwüre, zornige Anklagen und bange Fragen, alles wild durcheinander. Doch von Mudan kam keine Antwort. Sie duftete und schwieg.

Und es war, als hätte sich ihr Schweigen über den ganzen Gräbergarten, ja über das ganze Hochland ausgebreitet. Kein Windhauch in den Gräsern, kein Surren von Insekten in den Blüten und noch immer kein Laut von Mudan. Vollendete Stille.

Für Peng Fu war diese Stille noch schwerer zu ertragen als der Wirbelsturm der Worte zuvor. Denn nun war er auf einmal ganz allein. Allein mit sich selbst. Mit seinem missglückten Leben, seinem Schmerz, seiner Trauer – und seiner Schuld.

Einen Augenblick lang verharrte er in Reglosigkeit, als sei mit den Geräuschen auch die Zeit zum Stillstand gekommen. Dann ging alles umso schneller: Mit raschem Entschluss riss Peng Fu die Hand empor. Im Gegenlicht flammte die Schere jäh auf. Und wie ein Blitz, der zuschlägt, sauste sie herab und fuhr ihm tief, tief in die Brust. Ohne einen Laut sank Peng Fu nieder, auf das Grab zu Füßen der Päonie.

Es war ein friedliches Bild: Das Blut plätscherte aus ihm hervor, ein munteres Bächlein, das die durstige Erde tränkte. Und als hätte sie nur auf dieses Zeichen gewartet, erwachte die Natur ringsum zu neuem Leben. Wind frischte auf, jung und ungestüm, dass die Blätter allenthalben nur so rauschten und die Blumen fröhlich mit den Köpfen wippten. Bienen und Schmetterlinge stürzten sich kopfüber in die Blütenkelche, als ginge es zu einem Festgelage. Vögel schwirrten umher, neckten einander und sangen aus voller Kehle. Durch Stängel und Stiele, Halme und Zweige schäumten die Säfte, die Knospen sprangen auf, alles reckte und streckte sich dem Himmel entgegen. Vom Talgrund drang das zufriedene Gurgeln des Gelben Flusses herauf, der sich, gespeist vom Regen in den Bergen, in voller Breite über das Land ergoss. Und mitten im strahlenden Morgenlicht stand Mudan, die schönste Blume von allen, und blühte anmutiger und erhabener als je zuvor.